Milo Manara

Mann aus Papier

VERLAG SCHREIBER & LESER

1.Auflage 1988
Alle deutschen Rechte beim
Verlag Schreiber & Leser
Straßbergerstr. 35, 8000 München 40

Lettering: Christian Holl
ISBN 3-922548-49-0

Titel der französischen Originalausgabe:
QUATRE DOIGTS

GWENDOLIN, ICH LIEBE DICH !
...ICH LIEBE DICH...
...ICH LIEBE DICH...
...ICH LIEBE DICH...
HAST DU GEHÖRT, BLÜMCHEN ? SOGAR DAS ECHO LIEBT GWENDOLIN.

ECHO !!
ECHO...
ECHO...
ECHO...
HALLOOO!
HALLO...
HALLO...
HALLO...
BLÖD-
MANN !!

SAG DAS NOCH MAL, DU LUMP, WENN DU DICH TRAUST!
...ABER EUCH HAB ICH JA NICHT GEMEINT, MISTER.
ERGIB DICH, BURSCHE, ODER ICH MACH DICH FERTIG! DIE SOLDATEN IHRER MAJESTÄT VON ENGLAND BEHANDELN IHRE GEFANGENEN IMMER FAIR, ABER EUCH WILDEN MUSS MAN ERST MAL LEBENSART BEIBRINGEN!
ICH WILL EUCH JA NICHT ZU NAHETRETEN, MISTER, ABER WAS WOLLT IHR EIGENTLICH?
ACH, LASSEN WIR DAS, JUNGE. IST DAS DEIN PFERD?
JA, KLAR ...
SEHR GUT, DANN STEIGEN WIR ALSO VON DER MARINE AUF DIE KAVALLERIE UM. LOS, FASS MIT AN UND LAD DEM GAUL DIE KISTE AUF!

ICH HELFE EUCH GERN, MISTER. WENN IHR NACH NORDEN WOLLT, HABEN WIR DENSELBEN WEG. WO WOLLT IHR GENAU HIN?
ICH WILL NACH QUEBEC!
UND WO KOMMT IHR HER, MISTER?
AUS ENGLAND - WOHER SONST?!
EINS VERSTEHE ICH JA NICHT, MISTER - VON ENGLAND NACH QUEBEC LIEGT ARIZONA JA NICHT GERADE AM WEG.
DAS HAT ZWEI GRÜNDE, MEIN JUNGE...
ERSTENS: ÜBERRUMPELUNGSTAKTIK. DEINE LANDSLEUTE, DIESE KANAILLEN, DIE UNSERE JUNGS DA OBEN BELAGERN, RECHNEN SICHER NICHT MIT MEINEM ANGRIFF...
...UND ZWEITENS WAR DIE BRIGG, DIE UNS VON ENGLAND NACH QUEBEC BRINGEN SOLLTE, EIN GOTTVERDAMMTER UNGLÜCKSKAHN. DREI JAHRE SIND WIR RUMGESCHIPPERT UND SCHLIESSLICH VOR MEXIKO AUF GRUND GELAUFEN!
ICH GEHE NACH NORDEN, WEIL DA MEINE GWENDOLIN AUF MICH WARTET. IN AUGUSTA IN MAINE... BALD BIN ICH BEI IHR...

HEY - SIEHST DU DIE STAUBWOLKE DA, JUNGE ?
DAS SIND SOLDATEN... EINE BERITTENE PATROUILLE... !
AH, DIESE REBELLEN ! DENEN WERDE ICH ZEIGEN, AUS WELCHEM HOLZ WIR ENGLÄNDER GESCHNITZT SIND ! LOS, PACK MIT AN !
IN DIESER UNIFORM HAT MEIN VATER SCHON DEM NAPOLEON BEINE GEMACHT ...
... UND ICH WERDE DEN LUMPENHUNDEN DA UNTEN DAS FELL ÜBER DIE OHREN ZIEHEN !

SO, JETZT KÖNNT IHR KOMMEN, IHR HUNDESÖHNE, WENN IHR EUCH EINEN BLAUEN BUCKEL HOLEN WOLLT!
ATTACKE !!
OUCK
ICH HABE EINFACH... PWOFF ... ZUVIEL ENERGIE... PWOFF

IM NAMEN IHRER MAJESTÄT KÖNIGIN VICTORIA - ERGEBT EUCH ! IHR SEID MEINE GEFANGENEN !
US C
SO, UND JETZT, IHR HALUNKEN, WERFT IHR ...
... EURE WAFFEN...
TOK
... WEG ...
ICH WILL HÄN-GEN, WENN DAS KEIN IRRER IST...

WIRD'S BALD, IHR STROLCHE? HABT IHR NICHT GEHÖRT?
HE, DU, GENERAL...!
NOCH BIN ICH NICHT GENERAL, SONDERN LEUTNANT DER RESERVE DER GLORREICHEN ARMEE IHRER MAJESTÄT VON ENGLAND.
OKAY, LEUTNANT, HÖR ZU, WAS DEINE FREUNDIN ... WIE HIESS SIE DOCH GLEICH? ... VICTORIA DIR AUSRICHTEN LÄSST...
HAHAHAHAHAHAHAHA

UND HIER NOCH 'NE KLEINE AUFMERKSAMKEIT VON...
... KÖNIG ARTHUR!
UND ICH HÄTTE NOCH 'NE BOTSCHAFT VOM SCHELLENKÖNIG, DU HELD...
HAHAHA!
HAHAHA!
OKAY, JUNGS, DAS REICHT!
WIR MÜSSEN WEITER. HEUTE ABEND WOLLEN WIR BEI LIEUTENANT GRATTAN IM CAMP SEIN.
WAS MACHEN WIR MIT DEM ALTEN NARREN, CAPTAIN? DAS MÄDCHEN UND IHN KÖNNEN WIR NICHT MITSCHLEPPEN!

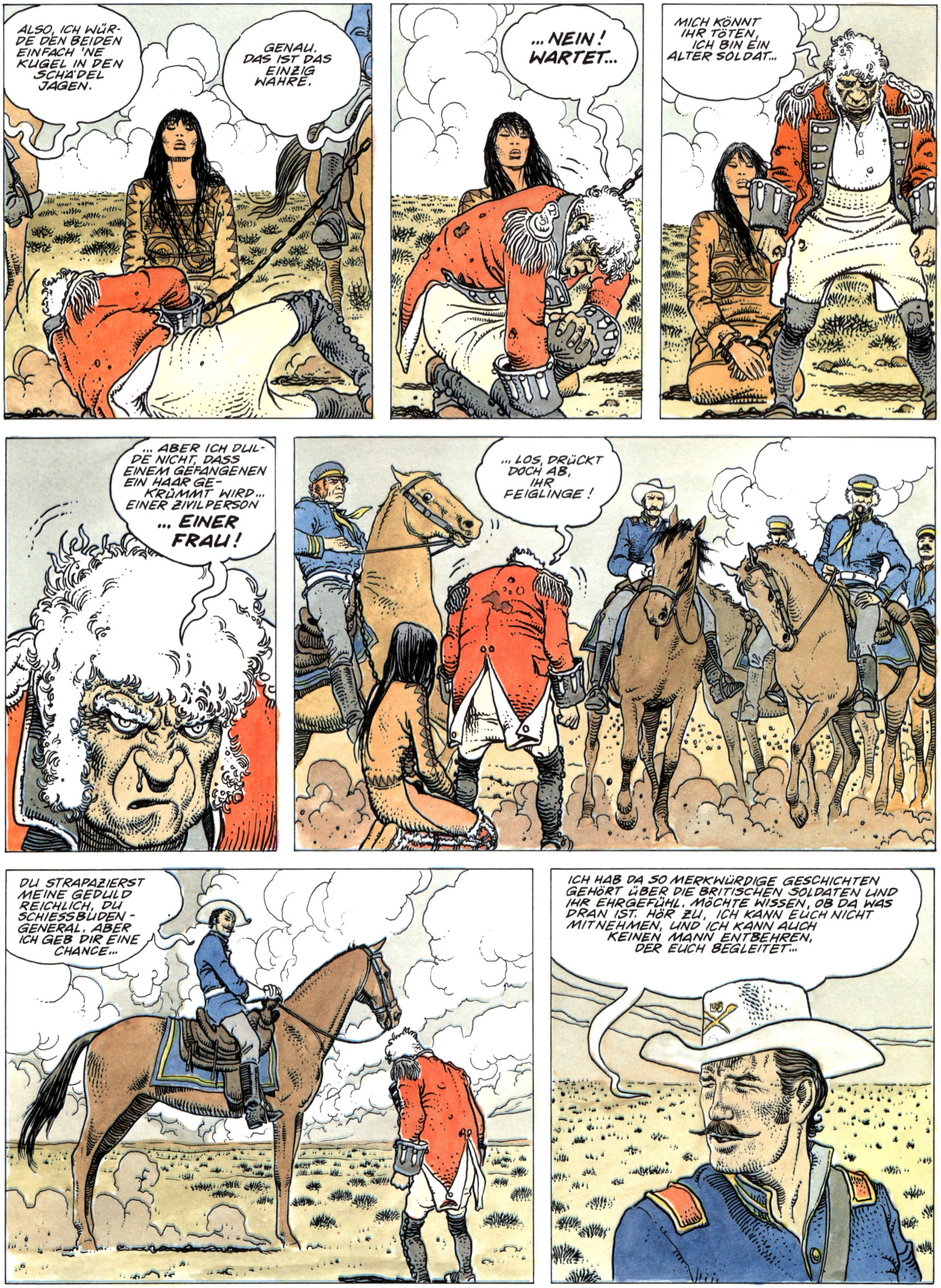

ALSO, ICH WÜRDE DEN BEIDEN EINFACH 'NE KUGEL IN DEN SCHÄDEL JAGEN.
GENAU, DAS IST DAS EINZIG WAHRE.
... NEIN! WARTET...
MICH KÖNNT IHR TÖTEN, ICH BIN EIN ALTER SOLDAT...
... ABER ICH DULDE NICHT, DASS EINEM GEFANGENEN EIN HAAR GEKRÜMMT WIRD... EINER ZIVILPERSON ... EINER FRAU!
... LOS, DRÜCKT DOCH AB, IHR FEIGLINGE!
DU STRAPAZIERST MEINE GEDULD REICHLICH, DU SCHIESSBUDEN-GENERAL. ABER ICH GEB DIR EINE CHANCE...
ICH HAB DA SO MERKWÜRDIGE GESCHICHTEN GEHÖRT ÜBER DIE BRITISCHEN SOLDATEN UND IHR EHRGEFÜHL. MÖCHTE WISSEN, OB DA WAS DRAN IST. HÖR ZU, ICH KANN EUCH NICHT MITNEHMEN, UND ICH KANN AUCH KEINEN MANN ENTBEHREN, DER EUCH BEGLEITET...

... ABER WENN IHR MIR EUER WORT GEBT, DASS IHR EUCH MITSAMT DEM MÄDCHEN IN FORT LARAMIE STELLT, LASSE ICH EUCH LAUFEN!
ICH GEBE EUCH MEIN WORT, CAPTAIN!
SCHÖN. FESSELT DIE ZWEI ANEINANDER UND GEBT IHNEN EINE WASSERFLASCHE!
HALT - WO LIEGT DIESES FORT LARAMIE ÜBERHAUPT?
LAUFT EINFACH IMMER NACH NORDWESTEN, DANN STOLPERT IHR DRÜBER.
HAHAHAHA!
IHR HABT DOCH NICHT IM ERNST VOR, DAS ZU TUN, MISTER? DIE HABEN EUCH DOCH NUR AUF DEN ARM GENOMMEN.
AH, BIST DU AUCH WIEDER DA, JUNGE? HATTEST DICH JA GUT VERSTECKT, WAS?
NEHMT DEN MUND NICHT ZU VOLL, MISTER! IHR HABT EUCH AUCH NICHT GERADE MIT RUHM BEKLECKERT.

ICH HABE MEIN WORT GEGEBEN, UND ICH WERDE MICH BEI DIESEM VERDAMMTEN FORT STELLEN ...
UND DAS MÄDCHEN GEHT MIT!
SOLLTE MAN SIE DA NICHT SELBST FRAGEN, MISTER ?
HALT DICH DA RAUS, JUNGE ! HILF IHR AUFS PFERD, UND DANN AB!
WENN ICH EUCH SO SEHE, MISTER ... ALSO, IHR SOLLTET LIEBER REITEN. DAS MÄDCHEN KANN LAUFEN.
KÜMMERE DICH UM DEINE ANGELEGENHEITEN, JUNGE, UND ERSPAR MIR DEINE GUTEN RATSCHLÄGE !
AH ...

... ALTER DICK-SCHÄDEL !
VON WELCHEM STAMM BIST DU ? SPRICHST DU UNSERE SPRACHE ?
... SPRACHE ?
HOPPLA, WIR HABEN NUR NOCH EINEN SCHLUCK WASSER... WER WILL ?
TRINKT, MISTER! WAHRSCHEINLICH FINDEN WIR VOR HEUTE ABEND KEINS MEHR.
HAT MAN JEMALS GEHÖRT, DASS EIN SOLDAT IHRER MAJESTÄT WARMES WASSER TRINKT ? WER DAS BEHAUPTET, DER LEBT NICHT LANGE !
DAS JUNGE FRÄULEIN DENKT VERMUTLICH GENAUSO SELBSTLOS ?

BÄH!
OKAY, DIE FLASCHE LIEGT DA HINTEN – FALLS SICH'S EINER ANDERS ÜBERLEGT...
ACH, GWENDOLIN ... GWENDOLIN ... WENN ICH DOCH NUR SCHON BEI DIR WÄRE ...
NA, WAS GUCKST DU SO KOMISCH ? HAST DU ETWA KEINEN SCHATZ ?
OH, DOCH. VIELE.
... ABER KEINEN AUS PAPIER! WENN DU LIEBEN FRAU AUS PAPIER, DU SELBST MANN AUS PAPIER, HAHAHAHA!

ALSO, JETZT HAB ICH ABER LANGSAM GENUG VON EUCH! IHR SEID JA VERRÜCKT, ALLE BEIDE!
KOMM, BLÜMCHEN, WIR GEHEN UNSERER EIGENEN WEGE!
BLÜMCHEN! HE, BLÜMCHEN! WAS IST DENN? HIERGEBLIEBEN!!
ABER... JA, VERDAMMT... WASSER! ER HAT WASSER GEWITTERT!
WASSER! FRISCHES, KLARES WASSER!
UND DA SEHE ICH AUCH SCHON UNSER MITTAGESSEN. DER IST MIR SICHER, ER KOMMT AUS DER MULDE NICHT RAUS.

BLEIB HIER, DU TEUFELS-BRATEN!
NA BITTE, WER SAGT'S DENN? SEHT MAL, WAS ICH HABE!
EINEN GANZ DICKEN... GULP ...FISCH...
WILLST DU DICH WOHL SOFORT UMDREHEN, DU LÜMMEL !?
WENN DIESE INDIANERINNEN SCHON KEINE SCHAM KENNEN, MUSST DU DICH NOCH NICHT WIE EIN RÜPEL AUFFÜHREN.
ICH BEHALT DICH IM AUGE, JUNGE!
REGT EUCH NICHT AUF, MISTER!
WEGEN SO EINER EINGEBILDETEN ZIEGE GEHT MEIN PULS NICHT SCHNELLER ...
WEISSES KANINCHEN LIEBER WÜTENDEN KOJOTEN AM SCHWANZ ZIEHEN, ALS MANN AUS PAPIER AUF SICH REITEN LASSEN!

VERTRAGT EUCH, KINDER, DAS STREITEN FÜHRT DOCH ZU NICHTS. LOS, LASST UNS WEITERZIEHEN !
ABER DU BLEIBST, WO DU BIST, BIS SIE ANGEZOGEN IST !
HA-HAHA !
DA KOMMT EIN UNWETTER. WIR MÜSSEN SCHUTZ SUCHEN !
LOS, WIR RENNEN ZU DEN FELSEN DA HINTEN !
ROUMBLE

HEY, SEHT MAL – DAS FORT! WIR SIND DA, LEUTE!
JETZT ABER NICHTS WIE HIN, KINDER! UND GEBE GOTT, DASS WIR NICHT UNTERWEGS ERSAUFEN!
AUGENBLICK, MISTER... ICH FÜRCHTE, HIER TRENNEN SICH UNSERE WEGE.
ICH HABE NICHTS VERSPROCHEN, UND MIR IST MEINE FREIHEIT TEUER. AUSSERDEM WARTET IN AUGUSTA IN MAINE MEINE GWENDOLIN...
MANN AUS PAPIER MÖGE ENDLICH GEHEN! WEISSES KANINCHEN WILL IHN NIE WIEDERSEHEN!

GANZ MEINERSEITS, MISS PO-IN-DIE-LUFT!
WIE DU WILLST, JUNGE. DANN MACH'S GUT.
AHA, SIE HABEN UNS KOMMEN SEHEN. SIE MACHEN SCHON DAS TOR AUF.

YEAAAH !!
HEY !
YEEEAAH !
SEID IHR WAHNSINNIG, MENSCH ?!
YEAAAHH !!
HILFE ! HILFE !
HALT AN, WAHNSINNI-GER !
HILFE !
ICH WILL AUF DER STELLE HÄNGEN, WENN DAS NICHT DIE STIMME VON MISS PO-IN-DIE-LUFT WAR !
LOS, BLÜMCHEN, DU FAULTIER, LAUF ! KANNST DU NICHT WENIGSTENS EINMAL GALOPPIEREN ?!
VORWÄRTS, HOPP !
HAST DU DENN BLEI AN DEN HUFEN ?!
HÜAH-HO, GALOPP ...GALOPP... !
NUR DIESES EINE MAL, BLÜMCHEN, DIESES EINE EINZIGE MAL ... !!

ALLES ZU SPÄT... BLÜMCHEN, DU BIST EINE MÄHRE.
BLOSS WEIL DU SO LAHM BIST, WERDE ICH NIE ERFAHREN, WAS DA GESTERN ABEND LOS WAR. NICHT, DASS MICH DAS ALBERNE DING SONDERLICH INTERESSIERT... ABER MANCHMAL KÖNNTEST DU DOCH ...
MOMENT - WER REDET DA ?
O HERR, ICH BEREUE MEINE SCHULD, MEINE ÜBERGROSSE SCHULD...
... SIEHE, HERR, ICH HABE GESÜNDIGT UND ERFLEHE DEINE STRAFE...
... ICH HABE MICH VERSÜNDIGT GEGEN DEIN GEBOT, O HERR...
ALSO WARST DU DAS DOCH, DIE UM HILFE GERUFEN HAT...

NUN REDE SCHON! WER HAT DEN ALTEN SO ZUGERICHTET?
ACH, JUNGER MANN, DAS WAR EINE VERKETTUNG VON UNSELIGEN UMSTÄNDEN. ICH MUSS GESTEHEN, DASS ICH DER URHEBER DES UNGLÜCKS BIN, DENN SEIT MEINER GEBURT LASTET EIN FLUCH AUF MIR.
IHR HABT DEM ARMEN ALTEN SO ÜBEL MITGESPIELT?! HALTET EUCH LIEBER AN LEUTE, DIE SICH WEHREN KÖNNEN!
ACH, EUER ZORN IST JA BERECHTIGT. ABER LASST MICH ERKLÄREN ...
IHR SEHT IN MIR DAS FRIEDLICHSTE UND HARMLOSESTE SCHAF AUS DER HERDE DES HERRN, JUNGER MANN. ICH KANN KEINER KREATUR ETWAS ZULEIDE TUN. LIEBER WÜRDE ICH MIR DIE HAND ABHACKEN LASSEN, ALS SIE GEGEN EINES VON GOTTES GESCHÖPFEN ZU ERHEBEN ...
... ABER DEM HERRN IN SEINEM UNERGRÜNDLICHEN RATSCHLUSS HAT ES GEFALLEN, MICH ZUM UNGLÜCKLICHSTEN MENSCHEN ...
... UNTER DER SONNE ZU MACHEN. ICH WEISS NICHT, FÜR WELCHE MISSETAT ER MICH STRAFT ... ABER SO HÖRT DENN MEINE SCHANDE: IMMER WENN ES REGNET, VERWANDELT SICH MEIN FRIEDLICHES WESEN IN RASENDE WUT. ICH, DAS SANFTMÜTIGSTE LAMM, WERDE MIT DEM ERSTEN REGENTROPFEN ZU EINER REISSENDEN BESTIE. SATAN VERLEIHT MIR BÄRENKRÄFTE, ICH RENNE ALLE HINDERNISSE NIEDER, UND GNADE DEM, DER SICH MIR IN DEN WEG STELLT ...!
SO IST DAS, JUNGER MANN.
UND WAS HABT IHR GESTERN ABEND ANGERICHTET?
ACH ... DIE BRAVEN SOLDATEN IM FORT KENNEN NATÜRLICH MEINEN FLUCH UND NEHMEN MICH BEI REGEN IN SICHEREN GEWAHRSAM. SIE SCHNÜREN MICH ZUSAMMEN WIE EINE WURST.
BIS JETZT GING DAS AUCH GANZ GUT, ABER DAS GEWITTER GESTERN KAM ZU ÜBERRASCHEND. DIE SOLDATEN SETZTEN MICH ZWAR HINTER GITTER, FESSELTEN MICH ABER NICHT.

ALS DER ERSTE TROPFEN FIEL, KAM ES ÜBER MICH... ICH WEISS NICHT, WAS VOM FORT NOCH ÜBRIG IST, WIEVIELE SOLDATEN ES ERWISCHT HAT... ICH WEISS NUR NOCH, DASS ICH MICH AUF DAS ERSTBESTE REITTIER GEWORFEN HABE ... UND NUN FINDE ICH MICH HIER WIEDER, UND ICH ERFLEHE DIE VERGEBUNG DES ALLMÄCHTIGEN FÜR MEINE MISSETATEN ...
ICH HABE GESÜNDIGT UND VERDIENE HARTE STRAFE, O HERR ...
WIE FÜHLT IHR EUCH, MISTER ?
EIN LEUTNANT IHRER MAJESTÄT IST NICHT SO LEICHT ZU ERSCHÜTTERN.
LASST MICH EIN WENIG SCHLAFEN, DAMIT ICH WIEDER ZU KRÄFTEN KOMME. DANN GEHE ICH MIT DEM MÄDCHEN ZU DIESEM VERDAMMTEN FORT.
ICH HAB DAS GEFÜHL, SIE IST NICHT GERADE EINVERSTANDEN DAMIT. STIMMT'S, MISS PO-IN-DIE-LUFT ?
WAS WEISSES KANINCHEN WILL, GEHT MANN AUS PAPIER NICHTS AN !
DANN SIND WIR JA ENDLICH MAL EINER MEINUNG. ICH MACH AM BESTEN AUCH ERST MAL EIN NICKERCHEN.
ICH WERDE EUREM BEISPIEL FOLGEN, WENN IHR ERLAUBT...
NANU - WAS IST DAS ?

HE, IHR DA!

HABT IHR NICHT EINEN VERKEHRTEN INDIANER VORBEIKOMMEN SEHEN?
EINEN VERKEHRTEN INDIANER?
JA, IHR WISST DOCH, EINEN VON DIESEN IDIOTEN, DIE ALLES VERKEHRTRUM MACHEN.
WESHALB SUCHT IHR DEN?
ER SOLL EINEM MORMONEN IM NORDEN EIN RIND AUS SEINER HERDE GESTOHLEN HABEN.
ER "SOLL"? HABT IHR DENN KEINEN BEWEIS DAFÜR?
BAH, WER WIRD DAS SCHON SO GENAU NEHMEN? LIEUTENANT GRATTAN IST SICHER, UND DAS REICHT. AUSSERDEM KÖNNEN WIR BEI DER GELEGENHEIT GLEICH DIE GANZE SIOUX-BANDE AUSROTTEN, DIE FÜNFZEHN MEILEN VON HIER LAGERT. ALSO, HABT IHR DEN KERL GESEHEN?
WIR HABEN ALLE GESCHLAFEN, SERGEANT. ABER MIR WAR SO, ALS HÄTTE ICH DA HINTEN EIN PFERD GEHÖRT ...
ALSO LOS, HINTERHER!
ICH GEB EUCH 'NEN GUTEN RAT: SCHAFFT EUCH DAS MÄDCHEN VOM HALS, WENN IHR EUCH GENUG MIT IHR AMÜSIERT HABT. DIE IST FÄHIG UND BRINGT EUCH IM SCHLAF UM.
OKAY, DANKE, WERDEN'S UNS MERKEN.
SO, BRUDER, DU KANNST MIR DIE JACKE ZURÜCKGEBEN. DIE GEFAHR IST VORÜBER.

CIAK!
DANKE, BRUDER. NIMM AUCH DIE ANDERE WANGE ...
CIAK!
ES IST GUT, BRUDER. DA DU ALLES VERKEHRTRUM MACHST, NEHME ICH DIE OHRFEIGEN ALS ZEICHEN DEINER DANKBARKEIT.
SCHON GUT, MIR BRAUCHST DU NICHT ZU DANKEN !
HABT IHR ENDLICH GENUG GESCHWÄTZT, IHR WASCHWEIBER ? ICH TUE JETZT MEINE PFLICHT UND GEHE MIT DEM MÄDCHEN INS FORT.
WAS ICH DAVON HALTE, WISST IHR JA, MISTER. LEBT WOHL.
ICH HAB AUCH GRUND GENUG, FORT LARAMIE EINE WEILE ZU MEIDEN, BIS SICH DIE GEMÜTER WIEDER BERUHIGT HABEN.
UND DU, BRUDER VERKEHRTER INDIANER, WÄHLST DU DIE FREIHEIT MIT UNS ODER DIE GEFANGENSCHAFT MIT DENEN ?

ALSO, EINS MUSS MAN DIESEN VERKEHRTEN INDIANERN LASSEN - SIE SIND WIRKLICH KONSEQUENT.
KOMISCH, MIR WIRD JEDESMAL SO MULMIG IM BAUCH, WENN ICH MICH VON DEN BEIDEN TRENNE. WAS MEINT IHR, WAS DAS SEIN KÖNNTE ?
... VIELLEICHT HUNGER ODER SO ETWAS ?
DAS WIRD'S SEIN, BRUDER, HUNGER ...
HE, IHR DA !
IST ES NOCH WEIT NACH FORT LARAMIE ?
UNGEFÄHR ZEHN MEILEN.
ICH FÜHRE EINEN TRECK DURCH DIESES VERFLUCHTE OREGON. SEIT INDEPENDENCE HABEN WIR KEINE RICHTIGE RAST MEHR GEMACHT...

UND DANN HAT UNS ZU ALLEM ÜBERFLUSS FÜNFZEHN MEILEN VON HIER EINE BANDE VON OGLALA ÜBERFALLEN.
HOL DER TEUFEL DIESE VERFLUCHTEN ROTHÄUTE!
WENN IHR BEI VERSTAND SEID, SEHT ZU, DASS IHR SO SCHNELL WIE MÖGLICH INS FORT KOMMT.
DIE INDIANER KÖNNEN BALD HIER SEIN!
WIEVIELE INDIANER WAREN ES DENN, MADAME?
ICH WAR NICHT IN DER VERFASSUNG, SIE ZU ZÄHLEN, JUNGER MANN! ABER EINS KANN ICH EUCH VERRATEN: WENN UNSERE KAVALLERIE NICHT GEWESEN WÄRE, HÄTTEN DIE UNS ALLE MITEINANDER SKALPIERT.
UNSERE TAPFEREN JUNGS WERDEN DIESE BESTIEN NICHT LANGE IN SCHACH HALTEN KÖNNEN. ICH RIECHE DIE STINKIGEN ROTHÄUTE SCHON BEINAH. VORWÄRTS, MEINE TÄUBCHEN, LAUFT! BALD SIND WIR IN FORT LARAMIE!

HE, IHR ZWEI UNZERTRENNLICHEN, SUCHT IHR SCHON WIEDER MEINE NÄHE ?
WEISSES KANINCHEN ZIEHT IHREN WEG. ES IST MANN AUS PAPIER, DER IMMER ZURÜCKKOMMT.
WAS MISCHST DU DICH EIN ? ICH REDE MIT IHM, NICHT MIT DIR !
MISTER, IHR MÜSST DIE PIONIERE BITTEN, EUCH IM WAGEN MITZUNEHMEN, SONST ERREICHT IHR DAS FORT NICHT RECHTZEITIG. DIE OGLALAS SIND GANZ IN DER NÄHE.
EIN SCHRITT NÄHER, UND ICH SCHIESSE ! ICH KANN KEINE INDIANER MEHR SEHEN, UND AUF MEINEN WAGEN LASS ICH SO EINE ERST RECHT NICHT !
GANZ RECHT, JANE. WIR WOLLEN IN UNSEREM TRECK KEINE ROTHÄUTE !
WENN IHR INDIANER SO GERNE HABT, DANN WARTET DOCH AUF SIE !
BRENN IHR EINS DRAUF, JANE, DAMIT RUHE IST !
EUCH BARBAREN SOLLTE MAL JEMAND MANIEREN BEIBRINGEN ! IHR SEID EINE FRECHE REBELLENBRUT ! SO WAHR MEIN VATER NAPOLEON DAS FÜRCHTEN GEZEIGT HAT, WILL ICH...
BERUHIGT EUCH, MISTER. DIE FACKELN NICHT LANGE.
WENN IHR DENKT, KÖNIGIN VICTORIA WÜRDE DAS...
LASST GUT SEIN, MISTER ! NEHMT MEIN PFERD. ICH STEIGE BEIM VERKEHRTEN INDIANER MIT AUF.
WARUM GEHT MANN AUS PAPIER NICHT MIT DEM TRECK ZUM FORT ?
KÜMMERE DICH NICHT UM SACHEN, DIE DICH NICHTS ANGEHEN !

TREIBT EURE PFERDE AN, VERDAMMT NOCH MAL! DIE OGLALAS SIND IM ANMARSCH!
SO SCHAFFEN WIR DAS NIE. DIESE GÄULE SIND EINFACH ZU LANGSAM.
GUT, DANN LASST UNS ABSITZEN UND DEM FEIND INS AUGE SEHEN. EIN LEUTNANT IHRER MAJESTÄT FÜRCHTET DEN TOD NICHT.
ICH STEHE DIES MIT EUCH DURCH, FREUNDE. ABER ERWARTET NICHT VON MIR, DASS ICH KÄMPFE. ICH KANN MEINE HAND NICHT GEGEN EINEN BRUDER ERHEBEN.
HIMMEL, WO BLEIBEN DIE VERFLIXTEN OGLALAS BLOSS? DIESES WARTEN MACHT EINEN JA VERRÜCKT!
SIE WERDEN GEMERKT HABEN, DASS SIE DIESES MAL AUF EINEN GEGNER TREFFEN, DER IHNEN IN DER KRIEGSKUNST ÜBERLEGEN IST. GEWISS SIND SIE ABGEZOGEN.
ICH MÖCHTE EUCH JA NICHT EURE ILLUSIONEN NEHMEN, MISTER, ABER DREHT EUCH DOCH MAL UM...
!!!

ANMERKUNG:
DER FOLGENDE DIALOG FINDET IN SIOUX-SPRACHE MIT STARKEM OGLALA-AKZENT STATT. ER IST HIER WORTGETREU ÜBERSETZT, DAMIT DER GENEIGTE LESER DEM GESPRÄCH FOLGEN KANN...
BLAUE ERDE SPRICHT NICHT MIT DEM VERKEHRTEN INDIANER, DER IHM NICHT DIE WAHRHEIT SAGEN WÜRDE. ER FRAGT DIE SIOUX-SQUAW, WARUM SIE BEI DEN MÄNNERN MIT DEN DONNERBÜCHSEN IST. IST SIE EINE GEFANGENE?
BLAUE ERDE MÖGE BERUHIGT SEIN. WEISSES KANINCHEN IST KEINE GEFANGENE. DIESE MÄNNER HABEN IHR DAS LEBEN GERETTET.
... ABER WARUM HAT WEISSES KANINCHEN DEN ÄLTESTEN UND KLEINSTEN MANN DER DONNERBÜCHSEN GEWÄHLT? HAT DER JUNGE MANN MIT DEN GELBEN HAAREN SIE NICHT GEWOLLT?
DAS IST, WEIL...
HAT BLAUE ERDE DIE KRIEGSBEMALUNG ANGELEGT, UM MIT EINER JUNGEN SQUAW ÜBER LIEBESHÄNDEL ZU REDEN? BLAUE ERDE KANN DEN ALTEN MANN MIT DEN WEISSEN HAAREN LAUFEN LASSEN, ABER DIE ANDEREN BEIDEN SOLLEN SKALPIERT SEIN! TÖDLICHER TOMAHAWK WILL DEN GELBEN SKALP HABEN!
WAS FÜR EIN HÄUPTLING IST BLAUE ERDE, WENN ER SICH VON EINEM JUNGEN KRIEGER UNTERBRECHEN LÄSST?!
HAT WEISSES KANINCHEN ETWA LIEBE FÜR GELBES HAAR, DASS SIE IHN SO HEFTIG VERTEIDIGT?

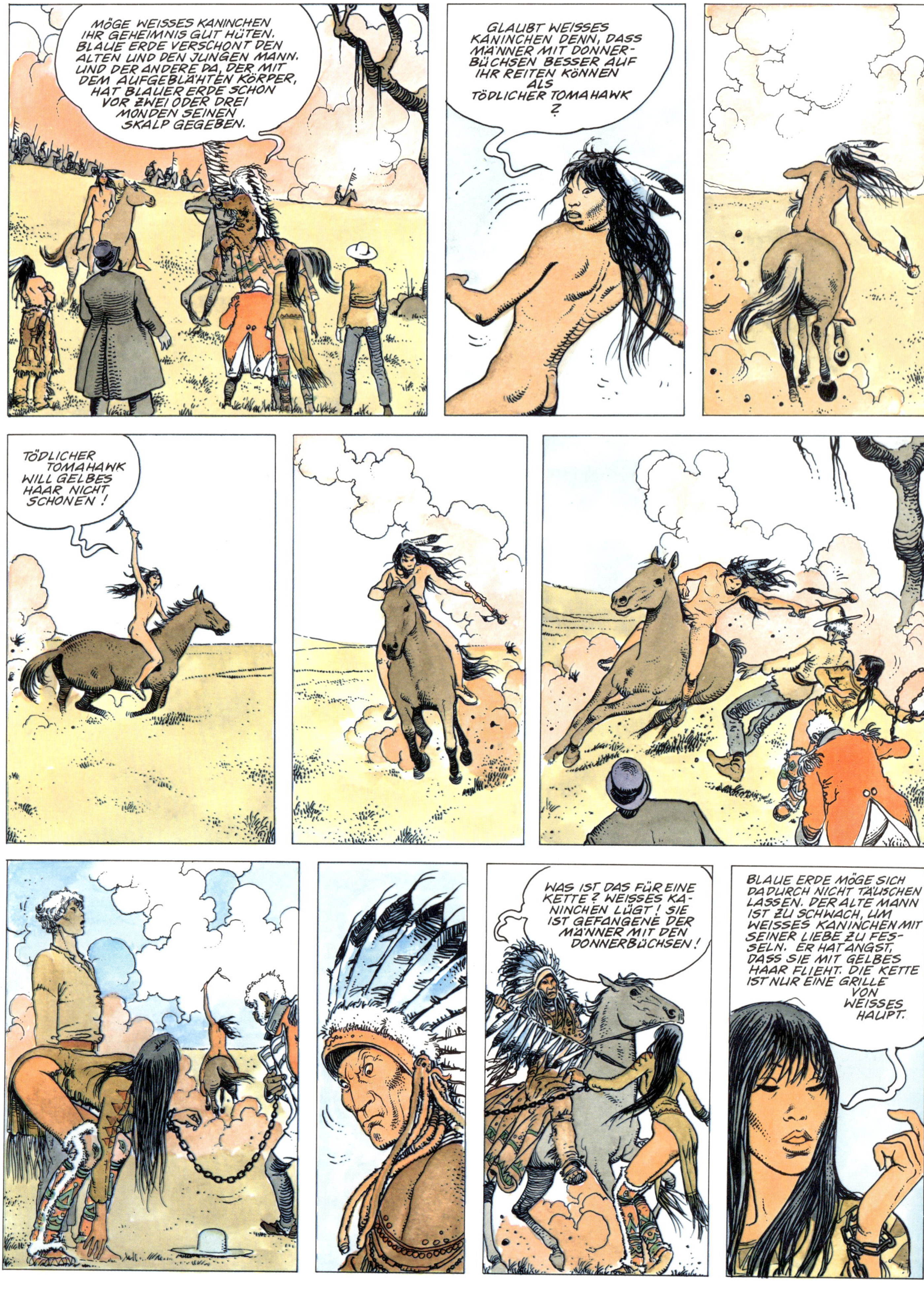

MÖGE WEISSES KANINCHEN IHR GEHEIMNIS GUT HÜTEN. BLAUE ERDE VERSCHONT DEN ALTEN UND DEN JUNGEN MANN. UND DER ANDERE DA, DER MIT DEM AUFGEBLÄHTEN KÖRPER, HAT BLAUER ERDE SCHON VOR ZWEI ODER DREI MONDEN SEINEN SKALP GEGEBEN.
GLAUBT WEISSES KANINCHEN DENN, DASS MÄNNER MIT DONNER-BÜCHSEN BESSER AUF IHR REITEN KÖNNEN ALS TÖDLICHER TOMAHAWK ?
TÖDLICHER TOMAHAWK WILL GELBES HAAR NICHT SCHONEN !
WAS IST DAS FÜR EINE KETTE ? WEISSES KANINCHEN LÜGT ! SIE IST GEFANGENE DER MÄNNER MIT DEN DONNERBÜCHSEN !
BLAUE ERDE MÖGE SICH DADURCH NICHT TÄUSCHEN LASSEN. DER ALTE MANN IST ZU SCHWACH, UM WEISSES KANINCHEN MIT SEINER LIEBE ZU FES-SELN. ER HAT ANGST, DASS SIE MIT GELBES HAAR FLIEHT. DIE KETTE IST NUR EINE GRILLE VON WEISSES HAUPT.

IST BLAUE ERDE NUN ZUFRIEDEN ?
HA-HA-HA!
HAHAHA!
HAHAHA!
HA-HAHA!
HAHAHA!
ICH WILL GEHÄNGT SEIN, WENN ICH DAS BEGREIFE. WAS ZUM TEUFEL GEHT HIER VOR ?
DIE BRÜDER SIOUX HABEN GESAGT, WEISSES HAUPT SEI ZU HÄSSLICH, UM IHN ZU TÖTEN.
UND WARUM HAT DER ANDERE MICH MIT DEM STOCK GESCHLAGEN ?
BRÜDER SIOUX HATTEN KEINE LUST, MANN AUS PAPIER ZU TÖTEN. WEISSES KANINCHEN HAT GEBETEN, IHM WENIGSTENS AUF DEN KOPF ZU SCHLAGEN.
ALSO, DER TOTE BAUM DA WIRD MIR EWIG IN ERINNERUNG BLEIBEN.

DIESES MAL SCHAFFEN WIR ES HOFFENTLICH, INS FORT ZU KOMMEN.
DAS WEISS MAN NIE. JEDENFALLS GEHT IHR DIESES MAL NICHT ALLEIN.
DAS HIER SIEHT MIR ABER GAR NICHT NACH KRIEG AUS.
DIE ARAPAHOS SIND JA AUCH UNSERE FREUNDE ... IM AUGENBLICK ZUMINDEST.
SO, MEINE LIEBEN, DA WÄREN WIR. ABER BEVOR WIR UNS BEIM KOMMANDANTEN MELDEN, SOLLTEN WIR ZUM ABSCHIED EIN GLAS MITEINANDER LEEREN.
MIR NACH, ICH WEISS, WO'S LANGGEHT.
SALO

SEIT WANN SIND HIER ROTHÄUTE ZUGELASSEN ?
HE ... SEID IHR NICHT BEI TROST, FREMDER ? WIR WOLLEN HIER KEINE INDIANER !
GENAU ! RAUS MIT DIESEN DRECKIGEN BASTARDEN !
SIEHST DU, VON DEINEM LIEBENSWERTEN WESEN HAT MAN SOGAR BIS HIERHER GEHÖRT...
HAHAHA !
HE, FREUNDCHEN !
MEINT IHR MICH, MISTER ?
GENAU DICH, FREUNDCHEN. KOMM HER, ICH GEB DIR EINEN AUS !
WAS IST, FREUNDCHEN, KOMMEN WIR MITEINANDER INS GESCHÄFT ?
?
TU NICHT SO, ALS WÜRDEST DU NICHT VERSTEHEN... DIE KLEINE DA DRAUSSEN ! WAS SOLL DIE KOSTEN ?

FÜR 'NEN TYPEN WIE DICH IST DAS MOMENTAN DOCH VIEL ZU GEFÄHRLICH, MIT 'NER SIOUX RUMZUZIEHEN! WENN DIE DICH ERWISCHEN...
ACH SO, DAS MÄDCHEN... HAHAHA! WENN DU DER SAGST, WAS DU VON IHR WILLST, KRATZT DIE DIR GLATT DIE AUGEN AUS... HAHAHA!
ABER WAS WAR DAS MIT DEN SIOUX? STIMMT ES, DASS SIE AUF DEM KRIEGSPFAD SIND?
NA KLAR, FREUNDCHEN. ABER IN DIESEM MOMENT HAT LIEUTENANT GRATTAN BESTIMMT SCHON SEINE GANZE ARTILLERIE UM DIE STINKIGEN INDIANERLÖCHER AUFGEBAUT. UND MORGEN FRÜH GEHT DER TANZ LOS.
UND WIE ICH LIEUTENANT GRATTAN KENNE, HAUT DER SO ZU, DASS KEINER VON DIESEN BASTARDEN MEHR HOCHKOMMT. DAS WIRD DEN ANDEREN ROTHÄUTEN EINE LEHRE SEIN.
ABER... DAS WIRD JA EIN MASSAKER... EIN REINES ABSCHLACHTEN...
WIR VERLASSEN SOFORT DIESES MÖRDERNEST! DIE HABEN EIN UNGEHEUERLICHES SCHLACHTFEST BEI DEN SIOUX VOR.
VERDAMMT, JUNGE, WAS ERZÄHLST DU DA?
WIE HABEN WIR'S DENN, FREUNDCHEN? KANNST DOCH NICHT EINFACH SO ABHAUEN! UND UNSER GESCHÄFT?
ACH, LASS MICH DOCH IN RUHE, DU DRECKSACK!
WAS WAR DAS? DU VERDAMMTER HURENSOHN!
DU BIST ALSO AUCH EINS VON DIESEN SCHWEINEN, DIE SICH MIT INDIANERN EINLASSEN! JETZT WILL ICH DIR MAL ZEIGEN, WIE MAN MIT DIESEN WEIBSSTÜCKEN UMGEHT!

ODER HÄLTST DU DIR DIE KLEINE WILDKATZE BLOSS ZUM KAFFEEKOCHEN, HEHE !?
NIMM DEINE PFOTEN VON DER FRAU...
NA, WAS DENN, DU JUNGBULLE, BIST DU EIFERSÜCHTIG ?
BANG

HE, REVEREND, WIR MÜSSEN DIE SIOUX WARNEN, SONST GIBT ES MORGEN FRÜH EIN BLUTBAD!
ICH MACH DAS!
NEIN, DU NICHT, PO-IN-DIE-LUFT! DAS IST VIEL ZU GEFÄHRLICH FÜR EIN MÄDCHEN!
WARUM MACHT MANN AUS PAPIER SICH IMMERZU GEDANKEN UM WEISSES KANINCHEN?
WEIL PO-IN-DIE-... WEISSES KANINCHEN MANN AUS PAPIER VERHEXT HAT, VERDAMMT!
GELBES HAAR HAT WEISSES... PO-IN-DIE-LUFT AUCH VERHEXT...
WIR TREFFEN UNS BEIM TOTEN BAUM, WENN ALLES VORBEI IST!
UND NIMM NICHT BLÜMCHEN...
DER IST ZU LANGSAM! ER KANN NICHT GALOPPIEREN!
VERFLUCHT NOCH MAL... ZU SPÄT! SIE HAT MICH NICHT GEHÖRT!

JETZT PASS MAL GUT AUF, BLÜMCHEN ...
HALTET SIE! HALTET SIE!
AHA, IHR WOLLTET ALSO DIE SIOUX WARNEN? DANN WOLLT IHR SICHER GERN DEREN SCHICKSAL TEILEN. ES SOLL MIR EIN VERGNÜGEN SEIN, EUCH DIESEN WUNSCH ZU ERFÜLLEN, IHR VERRÄTER!
EIN UNWÜRDIGES, GRAUSAMES GEMETZEL ZU VERHINDERN, IHR RÄUDIGEN SCHAKALE, IST KEIN VERRAT!
WENN IHR UNS NICHT GEFESSELT HÄTTET...
WAS WÜRDEST DU DENN MACHEN, WENN DU NICHT GEFESSELT WÄRST, DU BÜRSCHCHEN?
DAS WIRD DICH TEUER ZU STEHEN KOMMEN, DU SCHWEIN! ICH BRING DICH MIT MEINEN EIGENEN BLOSSEN HÄNDEN UM ...

STELLT EIN ERSCHIESSUNGS-KOMMANDO ZUSAMMEN! LOS, BEEILUNG!
DIE SOLDATEN SIND BEREIT, SERGEANT!
JETZT KOMMT ES DARAUF AN, BLÜMCHEN! WIR MÜSSEN DIE LINIEN DER BLAURÖCKE DURCHBRECHEN ...
HALT! STEHEN-BLEIBEN!
HALTET SIE! SIE WARNT SONST DIE INDIANER!
DAS ERSCHIESSUNGS-KOMMANDO WARTET AUF EUREN BEFEHL, SERGEANT!

GEWEHRE IN AN-SCHLAG!
BROUM
DER REGEN HAT UNS GERADE NOCH GEFEHLT. ICH WÄRE LIEBER MIT TROCKENER HAUT GESTORBEN...
ABER, JUNGE...! WENN ES REGNET, WIRD DER REVEREND...
LEGT AN!
YEAHH
UUAARGH

FEUER!
FEU-...
... GRRGG!
KROK
BANG
BANG
SCHNELL, MISTER, WEG HIER, SONST DRISCHT DER WAHN-SINNIGE REVEREND AUCH UNS NOCH ZUSAMMEN!

ICH MUSS WISSEN, WAS AUS WEISSES KANINCHEN GEWORDEN IST!
HE, NIMM MICH DOCH MIT, ZUM TEUFEL!
HALT! BLEIBT EINEN MOMENT STEHEN!
WAS IST, GROSSVATER? ICH HAB'S EILIG! ICH BRINGE NACHRICHT VON LIEUTENANT GRATTAN!
SAGT MIR NUR, WIE DER ÜBERFALL AUF DIE SIOUX VERLAUFEN IST...
WIR HABEN NUR EINEN TEIL ERWISCHT, WEIL EIN VERRÜCKTES MÄDCHEN DEN STAMM GEWARNT HAT. ICH FÜRCHTE SOGAR, DASS UNS MEHR ALS DIE HÄLFTE ENTKOMMEN IST...
UND DANN HAT DIESER VERDAMMTE REGEN ALLES AUFGEWEICHT. WIR STECKEN KNIETIEF IM SCHLAMM, DIE KANONEN LASSEN SICH KAUM BEWEGEN. LIEUTENANT GRATTAN HAT BEFEHL GEGEBEN, ZUM FORT ZURÜCKZUKEHREN. DIE TRUPPEN MÜSSEN BALD HIER SEIN.
PASS DOCH AUF, DU IDIOT!
YEAH!

KOMM, BLÜMCHEN, HIER GIBT ES NICHTS MEHR ZU TUN. GEHEN WIR ZUM TOTEN BAUM ...
WEISSES KANINCHEN !

BANG
WEISSES KANINCHEN !
LEB WOHL, MANN AUS PAPIER ...
AUF WAS HAST DU DENN GESCHOSSEN ?
ACH, NICHTS ... NUR 'NE INDIANERIN ... EINE SIOUX OGLALA.
ENDE